괜찮아
다 사느라고 그랬는걸

괜찮아
다 사느라고 그랬는걸

:: 김연수 지음 ::

마음의숲

"괜찮아, 다 사느라고 그랬는걸."

이 한마디, 한 문장에 힘들고 아프고 슬프고 때로 멀어졌던 당신의 마음이 따뜻하게 풀어졌으면 좋겠습니다. 《꽃심》 이후 6년 만에 내놓는 시집입니다. 많이 내려놓고 더 낮은 곳에서 여러 이유들로 어렵게 사시는 분들을 위로하며 살자고 기도하는 마음으로 쓴 시들입니다.

봄이 옵니다. 얼었던 시냇물이 흐르면서 말합니다. 온갖 꽃들이 피어나면서 말합니다. 괜찮아 다 사느라고 그랬는걸! 우리도 그렇게 한 문장의 봄 편지를 보내줍시다. 잊었던 오랜 친구에게, 부모님과 가족들에게 그리고 이 땅에서 열심히 살아내는 가난하고 착하고 맑은 사람들에게.

꽃을 피워내는 봄 햇살 한줄기 같은 이 한 마디!

"괜찮아 다 사느라고 그랬는걸."

당신에게 선물합니다.

2017년 봄 김연수

1
장

—

말
의
씨
앗

2
장

───

살
아
라

끝
까
지

4
장

—

사
느
라
고
그
랬
는
걸

5
장

—

기
도
의

바
다
에
서

1
장

말
의

씨
앗

말의 씨앗

너를 사랑해
마음 담긴 님의 한마디 말
산발치에 심었더니
꽃샘바람도 비켜가고
연분홍 꽃이 피어나네

너를 사랑해
약속 담긴 님의 한마디 말
들길에 심었더니
뜨거운 태양도 어쩌지 못해
큰 나무되어 푸른 바람 날리네

너를 사랑해
신실한 님의 한마디 말
호수가에 심었더니
찬서리 속에 단풍들어
바람 따라 뿌리로 돌아가네

너를 사랑해

변치 않을 님의 한마디 말
눈밭에 심었더니
얼음장 밑 땅 속에서도
뿌리 키우며 봄을 잉태하네

너를 사랑해
언제 어디서나
너와 함께 하리
너와 함께 하리

나의 하루

나의
하루하루는
당신을 향해 흐르는
강물입니다

너무 빠르게 닿아
그리움 엷어질까
굽은 길
돌아 돌아 흐르고

너무 늦게 만나
애달픔이 지병될까
곧은 물길
살빠른 물결로 흐르고

나의
매일매일은
당신을 만나러 떠난
사랑의 여정입니다

사랑은

사랑은
제 홀로 반짝이는
작은 촛불

존재의 그늘에서
흘리는 눈물을
눈부신 소망의 꽃으로
피워내는 사랑은

무수한 초록빛 손을 들어
기도드리는
여름 나무처럼
너를 위해 기도하는
내 사랑은

열매 내어주고
이파리도 다 흩날리고
빈 가지 들어
저 높고 푸른 하늘에

아무도 모르게
사랑의 고백을 쓰는
내 사랑은

천년에 천년을
곱쳐 흐른 세월
간직해 온 꿈을
하이얀 눈꽃으로 날리는
이 겨울의 내 사랑은

작은 촛불이
횃불로 타오르는

사랑이어라

사랑의 나그네

뼈 아픈 그리움을
한 잎 두 잎 접으며
걷고 또 걸으면
아득하기만 하던
어둠에 가린 문 열려 올까

님께서 숨어 계신
저 단단한 어둠 너머
님의 숨결에 잠들 시간
그 깊은 동굴을 찾아가는
사랑의 나그네

배운 적 없고
들어 본 일도 없이
내 영이 스스로 부르는 노래는
나를 위해 부르는
님의 노래의 화답이리니

보일락 말락한

님의 모습 가로막는
짙은 구름에 안겨
깊어만 가는 그리움이여

님과 하나되고픈
이 세상 무엇으로도
대신 채울 수 없는
목숨보다 간절한 소망 안고
님 찾아 가는 나그네

흔들리는 사랑

나 하나 사랑으로
목숨을 걸었노라던 사랑도
삶의 자리에
바람이 드세던 날
낙화보다 가볍게 흔들리고

그대 한 사람 사랑으로
인생 길을 바꾼
내 사랑조차도
삶의 강물에 물살이 거칠던 날
하얀 포말로 부서지고

우르르 쏟아지는
눈물 비에
목숨을 지켜내기보다
지켜내기 더 힘든
사랑이 젖고 있네

그 길에서

그대와 내 마음 사이에
징검다리 한 줄 놓으면 좋겠네
햇살 반짝이며 물무늬 짓는
그 다리 걸어서 그대와 내가
그리움의 강 건너 만나고 싶어
첫 만남 설렘으로 만나고 싶어라

그대와 내 가슴 사이에
오솔길 하나 닦았으면 좋겠네
때론 풀꽃 피고 때론 눈꽃 피는
그 길을 걸어 그대와 내가
꽃같은 꿈 나누며 만나고 싶어
별빛 축복받으며 만나 고싶어라

그대와 내 영혼 사이에
물길 하나 틔었으면 좋겠네
맑은 물에 하늘빛 곱게 어린
그 길을 걸어 그대와 내가
한마음 한뜻으로 기도하고 싶어
영원한 그 빛 속에 살고 싶어라

노을지는 강가에서

갈무리해 두었던 그리움이
노을 비낀 물결 위에
금빛 물결로
출렁이는 시간이면

사랑이여
오래 감추어 두었던
나의 눈물도
바람결 타는 물살에 실려
그대에게 닿을 수 있을까

하늘을 나는 산새들도
강 건너 산자락도
저 무는 강물에
제 모습 비추어 보는데

설레던 내 그리움 한 폭
밤물결에 실어 놓으면
멀고 먼 물길을 흘러

24

잠깨는 첫 새벽
그대 가슴에 닿아
출렁일 수 있을까

어두울수록
밝게 빛나는 별처럼
맑은 소망으로
그대의 하루를
깨워 줄 수 있을까

봄비

사랑 끝났다고
울고 울었더니
그 눈물 하늘까지 흘러
눈물 따라 하늘로 뻗어 간
사랑의 뿌리에서
새순이 돋네요
하늘에 샘이 된 그 눈물
봄비로 내려
사랑의 새싹에 물을 주네요

사랑의 바닷속에서

산발치에서
나무와 나무들이
따로 따로 서서
햇빛 실타래 자아내려
숲의 이야기를 짜고

언덕배기에서
풀꽃과 풀꽃들이
저마다 홀로 서서
별들이 뿌려 놓은
시를 노래해도

땅 속에서는
뿌리와 뿌리들이
어깨와 어깨를 엮고
손과 손을 다정히 잡고
싱그러운 생명을 피워 올리듯

그대와 내가

섬처럼 멀리 떨어져
겨운 그리움의 물결 출렁이다가
거센 파도로 부서져 내려도

사랑의 바닷속에서
우리가 서로 맞닿아
영원에서 영원까지
한 몸인 것을

그토록 큰 아픔을 넘어와서야

그토록 큰 아픔을 넘어와서야
풀잎에 맺힌
맑은 이슬들을
스쳐가는
청량한 바람결을
비로소 가슴에 안을 수 있었다

그토록 깊은 연민을 품고서야
아무리 심하게
다투고 돌아서도
너와 내가
따로가 아님을
비로소 알았다

짙푸른
그리움의 숲을 지나와서야
그대와 멀리 떨어져 있어도
언제든 그대 맥박소리가
내 깊은 가슴에
물살을 일으킴을 알았다

아, 배반마저 끌어 안는
버려서 다시 찾은 사랑이
저녁 노을 속에서 붉게 물들 때
명증한 사랑의 노래가
우리 사이에 흐르고 있음을 알았다

너는 눈부신 축복

어느날
눈 떠보니
내가 보이네
네가 보이네

나는 너에게
너는 나에게
눈부신 축복
희망 가득 담긴
노래 바구니

어느날
그분을 만나고 보니
네가 보이네
내가 보이네

종이배

종이배 하나 접어
푸른 물결 위에
띄워 봅니다
미루나무 어린 잎새같은
연둣빛 그리움이 반짝입니다

종이배 하나 접어
추억의 강물 위에
띄어 보냅니다
내 한 생애
굽이굽이
은총의 물무늬
찬란합니다

종이배 하나 접어
기도의 바다에
띄워 놓습니다
꽃누리 찬란한 날들도
눈물조차 마른 날들도

한 빛깔 파도되어
하늘로 물결칩니다

차를 끓이며

차를 끓인다
창 밖엔 추위가 날을 세우고
빈 가지들 사이
바람은 머물며 떠나며
눈도 안오는 겨울

벽에 걸린
서정주의 시 〈나그네의 꽃다발〉이
바람 부는 날 찾아왔던
여학생들이 꽂아 놓은
버들강아지의 숨결을 일으키는 방
난로 위의 주전자에선
한줌의 회상이 색소를 푼다

마음의 빈들에
바람이 드세던 날
꽁꽁 얼어붙은 거리를 헤매던
내 영혼의 남루를 받아주던
너의 작고 훈훈한 방

한 잔의 따뜻한 차로 적셔 주던
나의 목마름

침묵이 완벽한 대화였던
너의 문 안에서는
우리는 각각 다른 일을 해도 좋았다
네가 너이고
나는 나인 것으로 충분했다

차를 끓인다
버들 강아지는
〈나그네의 꽃다발〉이 간직한
시간을 피우고
난로 위에서 피어 오르는
추억을 접으며
거리를 서성이는 사람들을 향해
나도 문을 연다

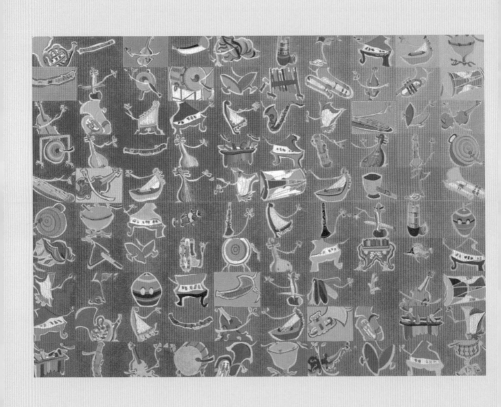

2
장

———

살
아
라

끝
까
지

고향 시냇가

패랭이꽃 엮어서
머리띠 하고
풀꽃 반지 만들어
손가락마다 끼고
넓직한 토란잎 꺾어
양산 바치고
소꿉살던
고향 시냇가

그 냇가에 가면
냇둑에 엎드린 바윗돌 밑에
어릴적 이쁜 추억들
꼭꼭 숨어 있다가
'까꿍' 하고 나올까
마음 먼저 달려가는
내 고향 양촌
그 시냇가

살아라, 끝까지

삶이
아무리 고달퍼도
억울해 죽을 것 같아도
살아라

변하지 않는 일
없는 것이
세상임을 알게 되리니

다시는 좋은 일이
오지 않을 것 같아도
세상만사 아무 뜻없어 보여도
살아라

살다 보면
어둔 밤 가고
새날이 오듯
밝고 환한 날도 찾아 오리니

몸과 마음의 병이
견디기 힘들어도
사랑이 끝났을지라도
살아라

목숨도 사랑도
뿌리가 튼튼해서
첫순이 꺾였어도
새순 곧 나오리니

삶의 뜻을 묻는
그대 살아있음이
살아야 할 바로 그 이유
끝까지 살아내라
그대 생명을

오늘

오늘은
당신의 남은 생애의
첫날
처음으로 떠오르는 태양을 맞이하듯
벅차오르는 가슴을 열고
밝고 환한 마음으로 하루를 열어요

어제가 아무리 고달프고
큰 걱정을 안고 잠들었어도
어제는 이미 지나갔어요.
이제까지 단 한번도 살아본 적 없는
새로운 날
오늘이 밝아왔으니까요

지구별에 처음으로 소풍 나온
아기처럼 천진한 눈으로
세상을 바라보아요
새들은 노래하고
꽃들은 향기를 날리며
온 세상이 당신을 축복하고 있잖아요

오늘 당신은
어제 세상을 이별한
수많은 사람들이 누리지 못한 시간
수많은 가능성이 있는 시간
새로운 꿈을 꾸기에 충분하고
소중한 시간을 선물 받았잖아요

오늘은 당신이
살아갈 시간의
첫날
자신을 격려하며 일으켜 세워요.
온 우주가 당신의 꿈이 실현되도록
지금 이순간도 일하고 있어요

크게 한번 웃고
오늘 일을 시작해요
당신은 잘 할 수 있어요

그대와 나와

그대 혼자 쓸고 닦아도
온 세상을 깨끗하게 할 수 없어
나도 지구의 한 모퉁이를
청소합니다

그대가 부르는 노래만으론
아름다운 합창을 이룰 수 없어
목청 가다듬어
내 노래도 얹어 봅니다

그대의 색깔만으론
한 폭의 그림을 그릴 수 없어
내가 가진 색채를
칠해 갑니다

그대 홀로 걷는 영성의 길
때로 너무 버겁고 아득해서
성령 안에서
나도 함께 기도합니다

밝은 날과 어두운 날
높은 소리와 낮은 소리
우리 모두가 서로 도우며 어우러져
아름다운 인생들이 완성 되어가기에

작은 소원

깊은 산속
통바위 아래
작은 옹달샘물
조롱박으로 살짝 퍼내고
맑은 물 새로 고일 때까지
산도 보고 하늘도 보며 기다리듯이
그렇게 말하고 싶어요

해녀들이 태왁* 메고
소라 전복 따다 장에 낼 때도
제일 좋은 건 손대지 않고
사랑하는 님 기다리듯이
그렇게 시간을 쓰고 싶어요

바위와 시냇물을 안고
나무며 풀들이며
동물들과 곤충들을
말 없이 키워가는 산처럼
그렇게 살고 싶어요

꽃피우고 열매 맺고
푸르른 그늘을 드리웠던
나뭇잎들이
낙엽 되어 뿌리로 돌아가듯이
그렇게 생명 다하기까지
사랑하고 싶어요

* 태왁 : 해녀가 작업장으로 들어갈 때 가슴을 얹고 그 부력으로 이동하는 작업 도구

아들에게

산아
산아 산아
우리 아들 산아
언제 생각해도
가슴 따뜻해지고
언제 그려보아도
미소지으며 다가오는
네 모습
내 인생에서
처음으로 받은
놀라운 선물
내 아들아,
너의 푸르디 푸른 꿈나래
받쳐 주고 싶어
때론 내 꿈을 접으며
달려온 세월이
오히려 더 큰 보람으로 돌아오는
나의 사랑, 아들아
산아

꿈결에도 엄마는
네 이름 부르며 기도하느니
네가 걷는 길이
먼먼 훗날
인생의 마지막 해안에서
네가 보기에도 네 생이 아름답기를
너를 사랑하는 이들 눈에
눈부시게 빛나기를
성삼위 하나님 보시기에도
천상의 빛으로 고귀하기를

해바라기 앞에서

가을이 깊은 뜨락에
빈 대로 서서
바람 맞는
해바라기

우리 엄마 같아서
꼭 울 엄마 같아서
지나지 못하고
발길이 머무네

온 몸으로 피워 올린
해 닮은 꽃 받쳐 이고
팔구월 모진 더위 견디며
씨앗을 익히더니

잘 익은 꽃씨마저
떠나 보낸 뒤에도
아직도 못다한
사랑이 남아

메마른 잎새 버석이며
바람결에 기도 실어 보내는
해바라기 빈 대궁 앞에서
엄마 그리며 눈물짓네

친구야

그리운 친구야
잎진 느티나무
잔 가지 끝에 머물던
늦가을 햇살이
산 그림자에 비켜가고

추억처럼
하나 둘 켜지는
저녁 등불 따스한 불빛에
가슴 속에 고인 눈물강에도
노을이 진다

지난 가을
네가 풀어 놓고 간
슬픈 이야기는 제풀에 자라
들국화 한 떨기로 피어 나고

산새들 노래마저
깊은 잠이 드는

달무리 언저리에
친구야, 뽀얀 네 얼굴이
안개꽃처럼 어른거린다

사랑하는 은화에게

아픔도
닦고 또 닦으면
보배가 되는가

눈물 고인 발자국마다
되살아나는 상처
피 흐르는 가슴에 품어
빚어낸 진주를 엮어
인생사 물결 위에
징검다리 놓는 여자여

건너라고
밟고 건너가라고
살아 있음만으로도
기적이며 축복이니
고통의 시간은 건너가라고

한 목숨 겨운 삶의 무게에
발목 묶인 사람들

울다 울다 제 목소리 잃은 이들
시린 등 토닥여 주며
애타게 기도하는 여자여

"너는 너무 사랑스러워서
하나님도 어쩔 줄 모르시는
이 세상에 하나 밖에 없는
귀하고도 멋진 사람이야!"

하나님의 마음 전해 주는
하나님의 충직한 대사

존재의 그늘에 드리운
외로움을 받아들여
고독의 날개 빚어 달고
삶의 협곡을 날아와
한 떨기 은빛 수선화로 피어난
아름다운 여자여

슬픔도
기쁨의 또 다른 얼굴이라
품고 품으면
은총을 부르는
빈 그릇이 되는가

가지산의 아침

- 석남사에서

바람소리
풍경소리
열사흗날 밤
석남사 도량
달빛 출렁이는 소리
어둠 물러가는 소리

바람소리
물소리
새벽 가지산 기슭
풀잎에 맺힌 이슬마다
별빛 스미는 소리
마음결 맑아오는 소리

바람소리
법고소리
비구니들 입선한
고요한 선방
아침 햇살 번지는 소리
누리 밝아 오는 소리

녹차를 마시며

지리산에서
아홉 번 찌고
아홉 번 덖었다는
작설차 한잔
청백 찻잔에 우려 놓고
창을 여는 아침엔

뼈를 녹이는 통곡으로나
풀릴듯 하던 사연
말없이 끌어 안고
산 것들의 사는 일을
자락자락 향기로 피워내는
산처럼 살고 싶어라

짓무르게 끈적이던
살의 소원
아홉 번 불가마에 구워
옥빛이 서리도록 흰 살로 거듭나
소슬한 고독을 떨치어 두른
백자처럼 살고 싶어라

오뉴월 땡볕에도
녹이지 못한
추운 운명이 품은 뜻 하나
있는듯 없는듯 갈무리하고
그저 모양새 버리고
흘러흘러 때를 얻는
물처럼만 살고 싶어라

꽃가게 앞에서

이른 아침 꽃가게 앞길에서
분홍 카네이션을 한 아름 안고
병원으로 가는
한 남자를 보았다

갓 피어난 버드나무 잎이며
벽돌담을 기어 오르는
담쟁이 어린 잎새들이
포근한 햇살에 감싸인 채
새끼바람들과 소근거렸다

그 꽃가게 앞을
과일을 베어 문 여자가
웃으며 지나갔다

한들한들 나부끼는
여자의 물무늬 치맛자락이
한낮을 피워문
붉은 장미들을 노출 시키며

소문처럼 사방 팔방으로
잎이며 가지들을 흔들어대는
며칠 분의 바람을 마구 풀어 놓았다

해 질 무렵
꽃바구니에 달린 검은 리본이
병원으로 운반되고 있었다

나무들이 풀어 느린
긴 그림자가 어둠을 이끌고
거리는 온통 어둠에 파묻혔다
울부짖는 한떼의 바람이
저 끝에서 이 끝으로
일인분의 빈 공간을 향해
달리고 있었다

산 식구들

작은 나무 큰 나무
함께 사는
산속에서는

풀꽃들의 고운 미소
어둠도
따가지 못하고

산새들의 노래는
빗줄기도
적실 수 없다네

걸림돌도
노래로 바꾸는
슬기로운 개울가

울퉁불퉁 바위 곁에 핀
작은 꽃
어여뻐라

아, 다정해라
더불어 함께 사는
산 식구들

감사

아
감사
사전에
누어있는
낱말들을
쌓고 쌓고
쌓아 올려서
낱말 탑을 하나
튼실하게 쌓아 올리면
그 탑 꼭대기에 올려놓을
맨 마지막의 낱말은 무얼까
묻고 물으면 남는 낱말은 감사
깨달음의 창문 살짜기 열어 보네

산길

- 「말씀의 집」에서

산새도 날지 않는
산길을 가네

하얗게 눈 덮여
길없는 길을 가네

서른 몇해 전
외로움으로 뿌린 눈물

하얀 눈꽃으로 내려 쌓인
산길을 가네

적막한 하늘 위로 펼쳐진
그레고리안 악보 한 장

햇살 내린 가지마다 눈꽃 반짝이며
위대한 찬미가를 연주하네

겨울산에 올라

마음 무겁고
쓸쓸할 땐
겨울 산에 올라

맨살로 찬 바람 속에서
겨울 나는 지혜에
맑은 눈을 뜨는
나무 앞에 서 본다

눈보라에 머리 감은 나무들마다
북풍이 깨끗하게 씻어낸
청청한 하늘에
빈손 높이 들고 올리는 기도

잎진 자리마다
봄을 키우고
땅에 묻힌 뿌리만큼
가지들을 뻗는 나무들

마음 답답하고
외로운 땐
산에 올라
나도 나무가 된다

Kim Hye Jung 2016

3
장

———

네
길
에

신
의

뜻
이

히말라야 트레킹 1
- 내려놓기

립스틱도 꺼내놓고
패스포드도 꺼내놓고
지갑도 꺼내놓고
이것만은 이것만은
꾸려온 것들 하나씩 내려놓으니
이리도 홀가분한 것을

기쁨도 내려놓고
슬픔도 내려놓고
사랑도 내려놓고
미움도 내려놓고
그토록 애태우며 따라온
꿈조차 내려놓으면
살아온 세월의 고단함도
가뿐해질까

히말라야 산맥의
한 발치를 타고 넘는 트레킹 길에서

길 위로 뻗어오른 나뭇가지며
우거진 풀섶을 헤치고 나가며
몰아쉬는 거친 숨소리는
만년설 계곡에 닿아
들릴듯 말듯한 메아리로 돌아오는데

아, 이제 그만
가슴속에 감추어온
그리움도 풀어놓을까
눈 시리게 하얀 산봉우리 위로
목숨처럼 간직해 온 이름도
아주 놓아 보낼까

Kim Hye Jung 2016

트레킹 2
- 길 떠나기

볼펜 하나
메모지 몇 장
작은 물통 하나 넣은
숄더백 둘러메고
길을 떠난다

앞서간 나그네들이
수없이 걸어가 만들어 낸
산 길을 따라
걷고 또 걸으며
앞서거니 뒷서거니
함께 한 동반자들

인생길은 본래
혼자 가는 길이 아니었지
내 힘 보태주고
때론 네 도움 받으며
그래, 그렇게 살아가는 것이
인생이었지

휘적휘적
산 등성이 오르며 내리며
나는 지금
내 인생의 몇번째 등성이를
내려서고 있는 걸까
오르고 있는 걸까

트레킹 3
- 내 길에 신의 뜻이

가지 마라 가지 마라
네 짐 네가 지지 못할 거면
떠나지 마라
인생 고갯길 굽이굽이
어찌 가벼운 발걸음으로만
걸을 수 있으랴

돌아보지 마라
뒤돌아 보지 마라
네가 걸어온 나그넷길
남기고 온 것들에
끄달리지 마라
나무면 나무 풀이면 풀
어제 그대로의 것들은
이제 하나도 없나니

걸어가라 걸어가라
네가 택한 네 길을

기꺼이 살아가라
한 평생 다가오는 하루하루에
신의 미소가 함께하도록
온 마음과 정성 다해
네 목숨이 품은 뜻
이루어지기까지
끝까지 걸어가라

트레킹 4
- 바람

멈추지 않았다
천지창조 이래
단 한번도 멈춘 적이 없었다

여린 풀잎이나
보일듯 말듯한 들꽃을
간지럽힐 때도
히말라야
저 거대한 산맥을 뒤흔들어
눈사태를 일으킬 때도
바람은 멈추지 않았다

천지조화 섭리를
안고 가는 저 바람
자락자락 인생의 갈피마다
흔들고 지나가는
저 거룩한 영의 호흡은
단 한번도 멈추지 않았다

트레킹 5
- 돌

빗길인가

바람길인가

눈보라 휘몰아쳐 간

싸늘한 흔적인가

누구의 인생이

아프게 흘러갔기에

패여진 자국인가

어느 부족의 꿈과 야망이

지난한 세월을 건너 통과한

질곡의 역사인가

층층이 물결자국 선명한

저 돌

트레킹 6
- 눈(雪)

나는 사막의 모래였다
나는 사막의 오아시스였다
나는 윤기 자르르 흐르는 잎사귀였다
나는 향기로운 꽃이었다
나는 침묵이었다
나는 소리를 넘어선 소리였다

나는 상처였다
나는 눈물이었다
나는 하늘이었다
억겁의 세월 건너
나 작은 눈송이 하나로
히말라야 마차프스레아 꼭대기에
내려 앉기까지

트레킹 7
- 길

앞서 지나간 이의
발자국이 아직 남아 있어도
네가 걸으면
새 길이다

너무나 선명하게
네 앞에 펼쳐진 길이라 해도
네가 걷지 않으면
길이 아니다

세상 만민이
걸어야 할 길은
세상에 없다

세상 모든 사람이
저마다 살아가야 할
그 길이 있을 뿐

트레킹 8
- 히말라야에서 만난 달

서산마루 지는 해
그림자를 밟고
동편 하늘로 떠오르는 달
무량한 은빛 실타래 쏟아내려
나무를 감고 산맥을 감고 흐르네
무후한 저 달빛 가슴에 서려
욕심으로 얼룩진 마음도
맑게 맑게 씻어내니
온 세상이
훤히 밝아 오네

트레킹 9
- 사람

안나프르나 만년설
그 순결한 심장의
가르침 받아
평화를 살아온 사람들

눈으로 볼 수 있는 것보다
생각이 닿을 수 있는 영역보다
더 깊고 높은 곳까지
한 순간에 초월한 눈빛

세상살이 팍팍해도
햇빛 속에 춤추다가
달빛 타고 승천하는
삶과 죽음이 넘나드는 곳

지구의 지붕
히말라야에 와서
맨발로 산맥을 타도
행복한 사람들을 만나네

트레킹 10

- 해돋이

아, 지금은
사랑도 미움도 벗어나라
환희도 괴로움도 놓아버려라
아름다운 추억도 아픈 상처도
제 물결로 흘러가게 하라

어제는 어제에 맡기고
지금 시작되는
새 날을 살아라
안나푸르나 봉우리 위로
순결한 태양이 떠오를 때
밤새도록 짓누르던
산 그림자는
스스로 물러가는 걸

네 마음이 빛을 향하면
어두움도 너를 잡지 못하리니
다가오는 시간은
제 스스로 길을 찾아서 온다

순백의 히말라야 산맥 위로
떠오르는 저 태양
그 눈부신 빛으로
하루를 여는 그대

오늘을 기뻐하라
오늘을 축복하라
오늘을 행복하게 살아라

트레킹 11

오를 때가 있고
내려설 때가 있고
걸을 때가 있고
멈출 때가 있나니
나그네 여정

지고 갈 때가 있고
내려 놓을 때가 있고
움켜 쥘 때가 있고
스르르 놓을 때가 있네
나그네 봇짐

트레킹 12

주인 없는 들개들이 어슬렁거리는
희뿌연 먼지길을 지나
퍼스타티나트 강가 사원 앞에서
다비식을 바라보네

누군가의 한 생애가
활활 타오르는 장작불 속에서
연기가 되고 재가 되어
자연의 일부로 환원되는 곳

한 움큼의 재가 된
사랑하는 사람을
강물에 띄워 보내며
눈물조차 거두고
아득한 대양을 바라보는 사람들

삶에서 죽음으로 건너가는 일조차
영원한 이별이 아니라

생과 사의 연속선에서 일어난 과정임을
인생 여정이 타는
냄새 속에서 깨닫네

흐느끼는 가족들의 오열을 품어 안고
유유히 흐르는 강가에 선 사람들은
다비식 구경꾼인가
다음 차례 줄을 선 나그네인가

수 천년 세월이 이끼로 자라는
사원 지붕 위로 새떼들은 날아오르고
아무 일도 없었다는듯
무심한 바람은 나뭇잎을 흔드네

트레킹 13
- 그림자를 벗어 놓고

만년설의 숨소리 들리는
히말라야
그 장엄한 계곡에
살아온 세월의 무게로 따라온
그림자를 벗어놓고 오네

오르막길
내리막길
걷고 또 걷는
발자국 자국마다
자욱히 내리던 눈물비
한 생애 숨결만큼이나
빛깔이 다른 추억을
바람결에 풀어주고 오네

사랑도 미움도
겹겹이 쌓인 욕심도 분노도
눈보라에 씻긴 햇빛에
희디희게 바래네

산맥 정상에 내리는
새로운 눈으로 쌓여
에베레스트 봉우리에 내려앉은
하늘을 만나네

사하라에서
- 낙타

무거운 짐을 지고
사막을 건너가는
낙타를 보네

불타는 땡볕 아래서
수천 년 견디어 온
모래들조차 숨이 잦아드는
사막 한가운데

제 몸보다 큰 짐을 지고
터벅터벅 걸어가는
나를 보네

걷고 또 걸으면
어디쯤 시원한 야자수 그늘에서
쉴 수 있으려나
그 언제쯤 생명수 넘치는
오아시스를 만나려나

버거운 짐을 걸머진 채
뒤돌아보지 않고
울며 가는 낙타를 보네

사막 길 들어서기 전
큰 별에 새겨 놓은
빛나는 약속 하나

여윈 가슴에 품고 가는
나를 보네

사하라에서
- 사막을 건너는 길

새벽에 홀로
끝없이 펼쳐진
사하라 그 광대무변한
모래바다 앞에 서네

지난 밤 맑게 반짝이던
별들이 내려와
밤새 써놓고 떠난
신비한 언어들이
모래 물결로 출렁이네

물에서 막 건져올려
파닥거리는 물고기 비늘처럼
싱싱한 하늘의 문자들이
떠오르는 사막의 햇살에
반짝반짝 눈을 뜨네

사랑하라
사랑하다 받은 상처는
모두 다 바람에 날려 보내고
이전보다 더욱 사랑하라

손익 셈하지 않는
순전한 사랑만이
인생 사막 건너가는
튼튼한 길이라고
오래되고도 새로운
말씀을 읽네

4
장

—

사
느
라
고 그
랬
는
걸

1월 새 아침의 기도

주여 우리 모두
섣달 그믐날 씻어 놓은
세찬 담을 그릇인 양
비운 마음도 새로 씻어
새해 새 아침을 열게 하소서

이웃에게 상처주는
날이 선 말 비우고
세상 먼지 켜켜 쌓인 말
침묵으로 깨끗하게 씻어
참 삶의 길 훤히 비추어 주는
사랑의 말을 배워가게 하소서

걱정과 불안이 둘러치는
일상의 어둠을 이 아침엔
걷어 내게 하시고
당신의 선하신 뜻 안에서
새 소망의 돛을 올리게 하소서

주여, 이 아침에는
지난날의 짐도 벗어 버리고
스스로의 한계와
저마다의 몫으로 받은 고독조차
아름다운 빛깔로 꽃피워 내도록
디딤돌 서로 놓아 주는
따뜻한 손과 손을 잡게 하소서

새해 새 아침에는, 주여
첫 새벽에 걸어 올린
샘물같은 마음으로
그물에 빛나는
아침 햇살같은 눈빛으로
더불어 함께 살아가는
슬기의 문을 열게 하소서

2월엔, 우리 모두

2월엔 우리 모두
서리꽃 핀 마른 풀잎에서나
매운 바람결 타는 나뭇가지에서
겨울 말씀을 읽어 내자

사무쳐 사무쳐
불꽃일 수밖에 없던 사랑도
가슴속 불씨를 재우면
아픔 속에 기다림도 길을 여는 법
망각의 강으로 띄워 보낸
슬픈 추억과도 이젠 손을 잡자

가장 깊은 눈물길을 터
정갈하게 닦아 낸 거울에
영혼까지 비추어 보면
저마다 스스로를 만나는
2월은 만남의 길목

철늦은 눈보라로

온누리 감싸 안고
가난도 잘못도 덮어 주고
아무것도 캐묻지 않는
넉넉한 침묵으로
2월은 생명을 잉태하는 봄의 전주곡

눈길 닿는 아무데서나
뼛속 깊이 각인되는
늦겨울 가르침으로
2월엔 우리 모두
대지가 되자

가슴살 고운 흙에
소망의 씨앗 사랑의 씨앗 고루 삼어
햇살 따스해지면
누구나 편히 얼굴 묻고 기대는
아름다운 언덕 하나씩 가꾸어 내자

3월의 기도

지난 겨우내
잎 지고 눈 덮인 산과 들에
겨울 복음서를 펼쳐 주신 분이시여

나목의 여린 가지가
간직했던 만큼의 꿈이
파릇이 움트는 이 계절엔
근심 걱정의 회색 커튼일랑 홀홀 걷어내고
새로 솟는 기도의 샘물을 긷는
부지런으로 축복하소서

눈발 채 녹여 내지 못한
우리네 마음 뜨락에도
따사로운 봄 햇살 넉넉히 부어 주시어
소박하지만 드높은 소망을
씨 뿌리게 하소서

꽃 피우는 일 하나로
목숨을 사르듯

눈비 섞어치는 꽃샘바람 속에서도
가지마다 줄기마다 온통 꽃을 피운
봄꽃들의 뜨거움으로

당신과 우리 사이에
우리와 우리 사이에
사랑의 고운 꽃 피우고만 싶습니다

천천히 복음서를 넘기시며
트여오는 봄누리에
새 말씀을 적으시는
분이시여

기도의 샘가에서
아직도 침침한 눈을 씻고
봄 말씀 새로 읽는
우리들의 척박한 뜨락에
낙화의 믿음 고루 뿌려
소망의 순 튼튼히 키워가게 하소서

4월의 엽서

꽃은
피어서 지기에
아름답고

시간은
돌아오지 않아서
귀한 걸

보고 있으면
더욱 보고 싶어지는
당신에게

천년 아껴온
보석함 열어
다주고 싶은
4월
어느 날

5월엔 기도하게 하소서

아른 아른 트여 오는 하늘에
새떼들 희망을 노래하고
첫 장미 피어나는
축복의 계절
5월에는 기도하게 하소서

눈물 속에
저마다 추스러야 할
일인분의 고독은
당신을 만나는 성별된 광야
고난조차 은총샘에 이르는
감추인 오솔길임을 깨달아
5월엔 자기 자신을 위해
기도하게 하소서

최상의 축복으로 주신 가정을
사랑과 평화로 채우지 못하고
자녀들을 욕심없이 사랑하지 못하고
부모의 마음을 읽어드리지 못했음을

뉘우치며 울게 하시고
자녀들의 무한한 가능성과
가정을 향한 당신의 뜻을 물으며
5월엔 가정을 위해
기도하게 하소서

이웃들의 아쉬운 부름과
아픔을 돌아보지 않아
분배의 정의와
공동선을 이루지 못한
가난한 날들을 통회하게 하시고
정의와 평화가
강물처럼 흐르는 그날을 위해
5월은 기도하게 하소서

푸른 들에 풀꽃들 곱게 피어
온누리가 정원이 되는 이 계절에는
푸근한 그늘 말없이 드리워주는
품 넉넉한 나무처럼
지치고 상처입은 이들
돌보고 치유해 주어
살맛나는 세상 만들어가도록
5월엔 기도하게 하소서

6월, 그 푸르른 계절에

눈부시도록
푸르른 6월엔
울타리 감도는
찔레꽃 하얀 향기 속에서
당신을 만나고 싶습니다

어디를 가든
엄마의 눈빛처럼
따스한 햇살 가득한
아름다운 6월에는
보랏빛 붓꽃을 한 아름
사랑하는 당신에게
안겨 드리고 싶습니다

모란꽃 꽃그늘처럼
은은한 그리움이
출렁이는 6월엔
은방울꽃 꽃길 따라
당신께 가고 싶습니다

그리움이
날마다 더욱
푸르러 가는
6월에는

7월엔 우리 서로서로

주여, 7월엔
우리가 서로서로에게
목마름 풀어 주고
생기를 되찾아 주는
시원한 생수가 되어 주게 하소서

피곤한 몸과 마음
쉬게 하고
시들었던 소망의 날개에
싱싱한 꿈 받쳐 주는
넉넉한 그늘이 되어 주게 하소서

어두웠던 기억
슬픈 마음 훌훌 날려 보내고
푸른 하늘같은 눈빛으로
새날을 맞게 하는
바람이 되어 주게 하소서

무시무시하게 밀려 오는

절망의 물결조차 헤치고 나아가
주님께로 발돋움하는
고독의 강가에 다다르는
나룻배가 되게하여 주소서

말없이도 마음 속속들이 읽어 주고
부탁받기 전에 먼저 돕는 친절로
불볕 쏟아지는 삶의 광야에
푸르른 숲 향기로운 꽃 피워 내는
맑은 샘이 되어 주게 하소서

주여, 7월엔
사랑하며 살기에도
너무나 짧은 한 생애에
우리가 만나게 하신 뜻을 깨달아
서로서로 작은 수호천사가 되어 주게 하소서

8월의 기도

주여
하늘색 초록색
두 개의 크레용만으로도
한 폭의 풍경화를 그릴 수 있는
아름다운 계절입니다

찌는 무더위 속에서
알곡들이 자라고
불타는 햇빛 속에서
과일들이 익어가는
은혜로운 이 계절 8월에는
주여, 치열한 각자의 삶의 자리에서
사랑이 영글어 가고
감당하기 어려운 고통의 불볕 아래서도
우리네 삶이 향기롭게 익어가게 하소서

주여, 천둥 번개 휘몰아치는 밤
억장이 무너지는 가슴마다
쏟아지는 소나기처럼

시원한 위로를 부어주시어
싱그러운 소망으로 소생시켜 주소서
장맛비 그친 밤 하늘에 뜨는 별들처럼
눈물로 씻은 가슴마다
빛나는 꿈 새로 반짝이게 해주소서

8월에는 주여
땅속 깊이 흐르는 지하수 지도를 탐지해
큰 짐 지고 사막을 건너는 낙타처럼
믿음의 신을 신고 꿋꿋이 걸어가는
지혜를 허락해 주소서
풀석 주저앉고만 싶은 순간에도
기도의 오아시스에서 마른 목 축이고
푸르른 생명의 땅에 다다르는
나그네들이 되게하여 주소서

8월엔 주여, 우리 모두
하늘 향해 눈을 높이 들게 하소서
하늘에서 길을 찾게 하소서

푸르른 대지에서 신실한 말씀을 듣고
단 한번 허락하신 고귀한 생명이
한 폭의 아름다운 작품으로 완성되기까지
성하의 열정으로 살아가게 축복해 주소서

9월 맞이 노래

밤새 이슬들이
풀잎마다 달아놓은
수정구슬 조롱조롱 눈을 뜨는
9월 아침엔

한결 드맑아진 아침 햇살로
눈을 씻고 마음까지 헹구어내면
머언 산이 눈앞에 다가서네

익어가는 가을 냄새로
가슴 가득 채우며
앞산으로 달려가
풀섶 뒤지며 알밤 줍던 일
추억의 오솔길로
산들 바람 타고
생생하게 살아오네

푸르른 하늘에
소꿉친구들 그리운 이름

하얀 깃털구름 글씨로
새겨 놓으면
산 날맹이 나뭇가지에 숨어 살던
풀꽃보다 이쁜 사랑이
나뭇잎마다 곱게 물들여
온산 가득 꽃단풍 찬란하네

10월의 기도

10월엔
여행을 떠나고 싶습니다
일상의 옷일랑 훌훌 벗어 걸고
홀로 낯선 길을 떠나고 싶습니다
들 건너 산 너머 차오르는 나그네 수심과
고독의 맨 끝에서
그대를 새롭게 만나게 하소서

10월엔
편지를 쓰고 싶습니다
해묵은 포도주처럼 진한 맛과
향이 깃든 사연을 적고 싶습니다
지는 잎새마다
가을 시냇물처럼 맑은 낱말로 써 보내는
내 마음을 읽어 주소서

10월엔
시를 쓰고 싶습니다
잎진 가지처럼 말이 성글고
뜻의 뿌리 깊어 가는 시를 쓰고 싶습니다

누가 읽어도 가슴에 드리운
영혼의 현 깊이 흔들어
저마다의 노래로 다시 태어나는
시를 쓰게 하소서

10월엔
기도하고 싶습니다.
풀벌레 노랫소리에 고이 씻겨
한층 높푸른 하늘에 닿는 기도를
올리고 싶습니다
깊은 밤 촛불 한 자루 밝히고
사랑하는 이들의 이름을 담아
겸허하게 올리는
기도를 들어 주소서

11월, 명상의 계절에

가을에서
겨울로 건너가는
11월은 명상의 계절

무거운 짐들도 내려 놓고
부르던 노래도 멈추고
지나간 시간을
성찰하는 시간

욕심과 교만을 내려 놓고
남몰래 지은 죄 참회하며
포도 위에 뒹구는 낙엽에서
세상에 첫발 디딜 때 있듯이
마지막 발을 뗄 때가 있음을
겸허하게 깨닫는 계절

이승의 남은 햇살 동안
따뜻한 손을 내밀어
사랑을 나누면

철새들이 매운 부리로
하늘에 뿌려 놓은
소망의 씨앗들이
별이 되어 반짝이네

12월의 편지
- 괜찮아, 다 사느라고 그랬는걸

친구여
오랫동안
전화 한 통 걸지 못한 것
때로 사소한 이해관계로
얼굴 붉히던 일
서로 용서하자
다 사느라고 그런 걸

저마다의 고독과
일인분의 가슴앓이로
존재 그 자체가 아픔일 때도
더 가까이 있어 주지 못했던 일
서로 이해하자

아무래도 맘과 뜻대로
살아지지 않는 세상에서
제몫의 나그네 봇짐에
양 어깨 짓눌려 비축비축 걷다 보니

발길이 닿지 못함인 것을

사랑하는 이 사랑하며
사는 일조차 버거운 세상살이
살아내느라 그랬는걸
우리 서로 탓하지 말고
안쓰럽게 여겨 주자

언제고 시간 잡아서 차 한잔 나누며
손잡고 어깨 토닥여 주며
괜찮아, 괜찮아
다 사느라고 그랬는걸
너그럽게 받아주자

이제부터라도 조금씩만
사랑을 더 키워가자

5
장

—

기
도
의
바
다
에
서

아침 기도

새벽 별빛 고요히
창문에 어릴 때
잠에서 깨어
때묻지 않은 목소리로
당신의 이름을 부릅니다
하루를 선물로 주신
당신께 감사 드리며
하루의 문을 엽니다

풀잎에 반짝이는 이슬
아침 찬가를 연주할 때
자리에서 일어나
겸손히 무릎 꿇고
당신 앞에 엎드립니다
오늘 일용할 양식
말씀을 머금고
하루를 시작합니다

맑은 햇살로
온 누리를 축복하는 아침

나의 남은 생애
첫날인 오늘을
당신께 봉헌합니다
나의 생각과 말과 행실이
주님 마음에 들기를 소망하며
하루를 시작합니다

기도의 바다에서

내가 그대를
그리워 하는 것은
두려움 없이
고독을 나눌 수 있기 때문이다

내 지독한 외로움을
고독으로 키워
새로운 삶으로
넘어가게 하고

내가 그대와
때때로 멀리 떨어져 있어도
서러움에 잠기지 않고
기쁘게 살 수 있는 것은

고독의 강을 건너
기도의 바다에
우리가
함께 살기 때문이다

성찰기도

내 마음 속에
미운 얼굴이 남아 있다면
그건 내가 아직도
주님과 너무도 먼 곳에서
산다는 뜻입니다

내 마음속에
잊을 수 없는
누군가의 불의가 남아 있다면
그건 내가 아직도 주님의 마음을 모르고
살아가고 있다는 뜻입니다

내 마음 속에
갚아야 할 원한의
돌덩이가 쌓여 있다면
그건 내가 아직도
주님 뜻과 다르게
살고 있다는 뜻입니다

미운 사람 미워하고

남의 잘못을 용서하지 못하고
주님께 예배드린다면
주님 그건 내가
당신을 욕되게 하는 일임을
한 시도 잊게 않게 하소서

한국 교회를 위한 기도
- 교회 개혁 500주년을 맞아

이 땅에 복음의 씨앗을 뿌리시고
세계선교사상 유래를 찾아보기 힘들만큼
놀라운 교회 성장을 이루어 주신
하나님께 감사드립니다

안타깝게도 양적인 발전과
마땅히 병행되어 왔어야 할 사랑의 실천은
아직도 보잘 것 없는 우리들임을
아픈 마음으로 고백합니다

지금도 하루 한 끼니조차 먹지 못하고
길에서 잠을 청하며
교회의 건물들을 바라보며
눈물짓는 형제자매들이 있음을
통회하는 마음으로 고백합니다

이 세상 모든 사람들이
서로 사랑하며 함께 구원되기를

원하시는 하나님 아버지시여
한국 교회의 성도들이
사회의 질타와 비판의 소리를
겸허하게 받아들이게 해 주옵소서

그리하여 독생자의 죽음까지도
기꺼이 수락하셨던 당신의 마음으로
가난한 이웃을 위해, 공동 선을 위해
재화와 시간과 사랑을
기꺼이 나누게 하옵소서

소외된 작은 자와 당신을 동일시 하신 예수님을
소외된 이웃 안에서 만날 수 있게 하시고
교회 성장을 자랑하는 교회마다
사랑의 나눔을 통해
작은 자로 오신 예수님을 섬길 수 있도록
우리 한국 교회를 진정 변화시켜 주옵소서

그리하여 주여,
우리 한국 교회가
하나님의 의가 햇빛처럼 빛나고
정의와 평화가 강처럼 흐르는
그 아름다운 나라를
이 땅에 세워가게 하소서

성목요일 밤에

당신 사랑의 말은
이마 뚫은 가시 끝에 솟아오른
그 진한 핏방울인가요
온 우주 텅 비던 외로움으로
흩어지던 당신의 몸과 맘은
마른땅 흥건히 적시던 눈물인가요

스테인드글라스에
투명하게 매달린 당신
죽기까지 외롭던 주님

끝내는 줄 것 없어
피 흐르는 살을
뚝뚝 떼어 주던
당신의 발언

그 앞에 말을 잃어
고개 숙인 응답을 들으시나요
내가 버렸던 사람
나의 주님

막달레나의 증언
- 부활절에

그 날 동트기 전
나는 보았습니다
영원한 삶을 가로막던
죄의 암벽이 깨어져 나간 것을

예수님의 시신에 향유를 바르며
못 다드린 사랑의 말씀을 드리고 싶이
찬 이슬 휘감기며 달려간
그 동산 돌무덤 앞에서

그 새벽에 나는 들었습니다
우리네 영혼 친친 감았던 어둠이
환히 밝아온 새 빛에 쫓겨
달아나는 소리를

그분의 시신마저
산 사람들의 땅에서
내 눈과 손으로는 붙들 수 없는
상실감으로 흐느끼던 그날

다시 사신 그분을 만났습니다

나는 비로소 알았습니다
죽음이 영원히 죽고
다함 없는 생명의 노래가
내 안과 밖에 가득 차 있음을
메마른 광야 같던 이승살이가
한껏 푸르른 봄들판의 꽃물결처럼
화사하게 여울지고 있음을

그날 하늘
갈릴리 물빛처럼 밝아올 제
나는 깨달았습니다
보이는 이 세상이
보이지 않는 나라로 잇대어 있음을
내 영혼에 깃든 영원을

대강절 노래

어서오십시오
세상살이 드센 물살에 떠밀려
축 처진 사람들의 어깨마다
꿈의 고운 날개 달아 주는
별빛으로 오십시오

어서오십시오
번쩍이는 저울 눈금 감추고
손잡고 마주 웃는
나라와 나라 사이에
부끄러움 깨워 주는
성삼위 공동체의
따뜻한 체온으로 오십시오

어서오십시오
이미 오셨고
새롭게 다시 오실 당신이
하나님의 아들임을
믿지 못하는 이들의

마음에 영혼에 서린 안개
말끔히 걷어 내는
눈부신 햇살로 오십시오

어서오십시오
당신 뜻 따라 살려 해도
제뜻에 얽매여 죽어 가는
믿는 사람들 삶의 한가운데
함박눈처럼 쏟아지는
소금발로 오십시오

어서오십시오
상처입은 마음에
깨진 가정에
혼란스러운 국정 위에
파괴되어 가는 환경 위에
용서와 화해의 바람으로 오십시오

성탄절 노래

아기예수여
욕심부스러기로 어지러운
고샅을 지나
빗자루 자국 선명하도록
쓸고 또 쓸어도 흙먼지 이는
우리 마음 뜨락
기다림으로 사립문 열어 놓았습니다.
선뜻 들어오십시오

아기예수여
흐릴대로 흐려버린
마룻바닥
참회의 물걸레질 수없이 해도
얼룽덜룽 반짝이지 않는
양심의 아픔 위에
믿음의 발까레 하나 깔아 놓았습니다

숭숭 구멍 뚫린 외짝문
황소 바람 들랑대며 문풍지 우는

우리 가슴속 작은 방에
사랑의 솜이불 펴 놓았습니다
포옥 덮고 누우십시오

어둠이 짙을수록 밝은 빛 내리고
절망이 깊을수록
소망의 순 튼튼한 하늘의 질서
하나님이 사람이 되어 오신 신비 앞에
겸손히 무릎 꿇고 부르는
감사의 찬미를 들으십시오
오늘 새롭게 오신
아기 예수여

괜찮아,
다 사느라고 그랬는걸

때때로 할 말
다하지 못했어도
너무 안타까워하지 마
하고 싶은 말
해야 할 말
다 하고 사는 사람 없으니까

언젠가 옳은 것과
다른 선택을 했어도
너무 자책하지 마
한 인생 살면서
어떻게 옳은 선택만 하며 살아갈 수 있겠어

혼자 있는 시간이면
잊고 싶었던 부끄러운 일
자꾸만 생각나도
너무 괴로워하지 마
부끄러운 기억 없는 사람
세상에 단 한사람도 없으니까

아무리 애써 보아도
뜻대로 일이 잘 되지 않아도
너무 애태우지 마
언젠가는 꿈과 소망이
바라던 것보다
잘 될 때도 있게 마련이니까

괜찮아, 괜찮아
다 사느라고 그랬는걸
그것이 인생이잖아
저마다의 삶의 자리에서
제몫의 세상살이
살아내느라 그랬는걸…

내가 나를 좋아하지 않으면
누가 나를 좋아하겠어
나도 나보고 웃지 않는데
누가 나에게 웃어주겠어
괜찮아 다 사느라고 그래는걸
이제 나를 보고 웃어봐

외로운 사람

외롭다고
말하는 사람은
진짜 외로운 사람이 아니다

그 말을 듣고
위로할 사람이
있다는 것을 알고
외롭다고 말하니까

외로운 사람은
외롭다고
누구에게도
말하지 못하는
사람이다

외로움을 들켜도
외롭다고 외쳐도
안 되는 사람이
외로운 사람이다

외로운 사람은
누구나 외롭다는 것을
너무 잘 알기에
외롭다고 말하지 않는다

진짜 외로움은
누군가 위로해 주어도
돌아서면 외로움이 따라와
마주 보고 있어서
이 세상 누구도
채워줄 수 없기 때문이다

누구도 나눌 수 없어
저마다 홀로
감당해야 하는
존재의 의무인 외로움을
조용히 똑바로 마주할 때
비로소 외로움은
고독으로 피어나고

그분의 부르심인
존재의 고독을
두려움 없이 받아들일 때
훤히 열려오는
그분에게로 이어진 길

고독의 맨 끝에서
그분 품에 안길 때
외로움에서 발돋움한
고독은 비로소
그림자 지는
이 땅의 아픔에서
우주적 미소를 꽃피운다

어느 날

너무 쓸쓸해서
노을진 들길을 걷고 또 걷다가
내 이름을 조용히 불러 보았습니다
내가 잊고 살던
나를 만나는 오솔길이
조금씩 열려 왔습니다

너무 슬퍼서
말없이 홀로 울다가
내 눈물을 따라 흘러가 보았습니다
가장 가까웠던 사람과 나 사이에
막혀 있던 울타리가
서서히 열리기 시작했습니다

너무 고독해서
골방에 홀로 엎드려
침묵의 소리에 귀를 기울여 보았습니다
우리 주 하나님의 따뜻한 가슴이
'사랑한다' '내가 너와 함께 있다'
소리 없는 외침으로 다가왔습니다

8월엔 우리 모두

일년 중 가장 뜨거운 햇살로 축복받은 8월엔,
한낮 불볕으로 쏟아 지는 주님의 눈길 속에
우리 모두 알몸으로 서게 해 주소서
부끄러워 손 모으고 고개 숙이며
안으로만 자라는 순하디 순한 사랑으로
주님의 뜨거운 가슴 받아내게 하소서

8월엔 주여
아무도 모르게 감추었던
숨겨둔 죄들이 곳곳으로 몰려 다니다
먹구름장으로 으르렁거립니다
아무도 모르게 삼킨 눈물들이
아무 때나 소나기로 쏟아집니다

짙푸르게 우거진 수풀처럼 가슴 풀고
은밀한 죄 통회하며 고백하오니
장맛비에 씻기고 씻긴 하늘처럼
우리 영혼 맑게 맑게 씻어주소서
다시금 푸른 소망 안고

창공으로 날아오른 새들의 날개처럼
굳센 믿음을 다시 주소서

8월엔 계곡을 돌아
낮은 곳으로
흘러 내리는
물이고 싶습니다
나무들의 수맥을 타고 흐르거나
들꽃의 향기로운 꽃잎을 흐르거나
애벌레의 눈동자에 흐르거나
제 모습을 꼭꼭 숨기고
목숨을 목숨이게 하는 물이고만 싶습니다

초록빛 하나만으로도 온 세상이 찬란한 8월엔
한 그루 청청한 나무들로 서고 싶습니다
메말랐던 영혼의 가지 끝에
피워 올린 기도의 잎새마다
푸르름에 푸르름을 더해 주소서

아, 하나님 하나님
8월엔 우리가 참으로
주님 안에 행복한
에덴동산의 그들과
그녀들이고만 싶습니다

슬픔을 긍정적으로 노래하는 믿음의 시인

김소엽

김연수 시인은 참 예쁘다. 모습이 예쁘고 자태가 곱다. 그 뿐만 아니라 마음도 예쁘다. 그래서일까 시도 참 예쁘다. 그렇다, 이제까지는 자기 모습만큼이나 예쁜 시를 많이 써 왔다. 내가 예쁘다고 말하는 것은 나와 고향이 같은 충남 양촌이라서도 아니고, 내가 아끼고 사랑하는 나의 후배이기 때문도 아니다. 참으로 어여쁨이란 아름다움이고 진실이기 때문이다.

("Beauty is good, Good is truth, So the beauty is the truth")

그런데 그렇게 예쁜 시만 써 오던 그네가 언제부터인가 인생의 〈사하라 사막〉을 건너고 〈히말라야 트래킹〉을 하면서 달라지기 시작했다. 무거운 짐을 지고 가는 낙타를 보면서 '제 몸 보다 큰 짐을 지고 / 터벅터벅 걸어가는 / 나를 보네' 이렇게 무거운 짐을 지고 가는 자신을 보기 시작했다. 낙타가 자신으로 환치되는 순간 그네는 짐을 내려놓기 시작했다.

157

또한 〈히말라야 트래킹〉을 하면서 '오르막 길 / 내리막 길 / 걷고 또 걷는 / 박자국 자국마다 / 자욱히 내리던 눈물비 / 한생 애 숨결만큼이나 / 빛갈이 다른 추억을 / 바람결에 풀어주고 오 네'라고 노래 할 만큼 인생의 아픔도 가볍게 풀어 보내는 고지 에 마침내 이르게 되면서 그네의 시는 예쁨보다 더 깊은 영혼 의 골짜기에 도달하게 된 것 아닌가 여겨진다.

이것이 선의 경지요 진리의 경지요 사랑의 경지인 것이다.

김 시인은 마침내 이 사랑의 경지에 다달아 시를 쓰고 있는 것 같다. 입으로 쉽게 말하는 사랑이 아니라 십자가의 사랑, 바로 죽음을 지나 부활하는 사랑, 그 아프고도 찬란한 사랑을 노래 하기 시작했다. '아, 지금은 / 사랑도 미움도 벗어나라 / 환희도 괴로움도 / 놓아버려라.'

이렇게 당당히 선포하고 있다. 그러므로 '그토록 큰 아픔을 / 넘어와서야' 그네는 배반까지도 보듬을 수 있는 사랑을 키울 수 있었던 것이다. 그리하여 '나의'하루 하루는 '당신을 향해 흐르 는 / 강물입니다… / 나의 / 매일 매일은 /당신을 만나러 떠난 / 사랑의 여정입니다'

고백하게 된 것 아닌가.

독일의 유명한 민족 시인 프레데릭 휠더린(1770-1843)처럼 '나 는 사랑하기 위해 슬퍼하기 위해 태어났노라'고 외치며 그 사랑과 슬픔을 긍정적으로 노래하는 믿음의 시인이 되기를 바란다.

아무튼 나는 김시인이 이렇게 큰 시인으로 성장한 모습을 보고 내 혈육이 잘 자란 것처럼 너무나 기쁘고 가슴 뿌듯하다. 김시인과 나와는 특별한 인연도 많이 있다. 양촌이 고향이라는 것 외에도 25년 전 내가 〈한국문인선교회〉를 처음 시작할 때 힘을 보태 준 일등공신이기도 하다. 그때 총무간사로써 나의 부족한 점을 많이 메꾸어 주기도 했다. 그때 막둥이 출산과 육아 등의 일과 최일도 목사님의 천사병원 건립에 따른 바쁜 일들이 겹쳐져서 외국 나가서 생활하는 기간도 길어지게 되어 함께 하지 못하다가 다시 만나서 문인선교회의 공동체로 활동하게 되니 나는 만만대군을 얻은 듯이 기쁘고 든든하다.

더하여 이 시집이 서강대학교 신학대학원 졸업과 함께 축하 시집으로 탄생되어 더욱 뜻깊고 축하에 축하를 거듭하는 바이다. 앞으로 더욱 발전하여 건필 건승하여 한국 문학사와 기독교 문학사에 빛나는 족적을 남겨주기를 바란다.

시적 화자(話者)의 소망이 드러난 기도
- 김연수 시인의 시세계

시인 · 문학평론가 전규태

1.
우리들이 삶을 영위하고 있는 세계와 분간하기 힘든 또 다른
하나의 세계가 따로 있다. 바로 시의 세계다.
현실의 세계와 시의 세계를 가름하는 지렛대는 이른바 슈프림
픽션이다. 넓은 의미에서 조금은 환상적인 내용이라든가, 아니
면 짐짓 추상성을 띤 비유나 상징성을 표현으로 언어의 독특한
빛깔을 통해 버무릴 수 있는 영역을 연맥시켜 보는 회화적 그
림이 상정된다.
무의식의 자기 기술(記述) 같은 색다른 밀도 짙은 그런 시의 세
계 말이다. 이러한 시는 바로 이 같은 빛의 빛깔을 지닌 시의
세계다. 사물 그 자체의 세계와 상상한 세계 두 가지로 나누어
본다. 이를테면 거트루드 스타인 같은 여류시인이 연상된다.
김연수 시인의 시적 흐름을 회화에 비유해본다면 인상파 화가

모네와 마네를 떠올리게 되기도 한다. 마치 엷게 색칠을 덧씌운 그림과도 같은 초허구성을 띄고 있다. 김연수 시인의 시는 점철된 묘사보다는 거기에 받게 되는 느낌과 감정의 진실이 스며있다. 시가 감정이나 감동을 언어로써 표출한 것임은 두 말 할 나위도 없는데, 그의 시적 언어에는 크게 두 가지 기능이 있다.

그 하나는 말이 지닌 뜻을 통하여 사물이 지니는 나름의 구실을 하고, 다른 하나는 말의 소리나 음향으로 이루어지는 운율을 통하여 시의 질서를 표현하는 구실을 한다.

2.

늘 그림움이 걸려있는 김연수 시인의 시적인 구조는 시적 묘사와는 좀 색다른 측면을 지니고 있다. 스스로 걷고 있는 길은 스스로 걸어야만 하는 길이다. 어디까지나 새 길이며, 또 새 길이어야 한다.

앞서 지나간 이의
발자국이 아직 남아 있어도
네가 걸으면
새 길이다.

너무나 선명하게
네 앞에 펼쳐진 길이라 해도

네가 걷지 않으면
길이 아니다.

- 「트레킹 7」 중에서 -

이 시의 묘사 구조는 회고의 구조를 지니고 있어 보인다. 나름대로 우선 상정(想定)해 본다.

나는 윤기 자르르 흐르는 잎사귀였다.
나는 향기로운 꽃이었다.
나는 침묵이었다.
나는 소리를 넘어선 소리였다.

나는 상처였다.
나는 눈물이었다.
나는 하늘이었다.

- 「트레킹 6」 중에서 -

김연수 시인의 시적 진실은 "억겁의 세월 건너"의 눈(雪)으로 승화되고 있다. 히말라야 마차프스레 꼭대기에 내려앉은 바로 그 눈이었다.
이 시의 독백적 진술의 구조는 회고와 자기 자신을 되돌아보는 깨달음이다. 그 깨달음은 가시적(可視的)이고 감각적인 것이라

기보다는 자못 관념적인 형태의 그 '어떤 것'이다.

그 인식 주체가 스스로 대상이 되어 간절히 기원하는 독백으로 이어지고, 그런 자각을 기초로 한 '타자지향적(他者指向的)' 풀이의 진술로 나타난다.

그 회고적 시점이 지난날을 통한 현재의 돌이켜 봄이라면, '과거와 현재에 대한 현재'와 미래의 삶에 대한 회구로 나타나 있다. 스스로와 '한 몸'이 된 님의 이미지이다. 쉬르레알리스트스런 표현이다. '하늘에 던진' 크나큰 소망이다.

그런 의미에서 자못 그 다양성은 상상력이 다양하게 작용되어 고정되지 않은데다가 가변적(可變的)이며 스스로의 마음을 지탱하는 진실이 있다. 그의 시에는 회화가 형상화되어있다. 시란 흐르는 정감의 자연스런 발로다. 숭고한 아름다움에 대한 열망이다.

눈으로 볼 수 있는 것보다
생각이 닿을 수 있는 영역보다
더 깊고 높은 곳까지
한 순간에 초월한 눈빛

세상살이 팍팍해도
햇빛 속에 춤추다가
달빛 타고 승천하는
삶과 죽음이 넘나드는 곳

지구의 지붕

히말라야에 와서

맨발로 산맥을 타도

행복한 사람들을 만나네.

- 「트레킹 10」 중에서 -

김연수 시인의 시는 안나프르나 만년설의 '순결'로 메타포되어
최선의 찰나를 형상화하면서 행복한 아름다움에 율조를 버무
린다. 시인 나름의 짜릿한 그런 숨결로 이미지의 공감대가 이
루어진다.

'아름다운 추억도 제 물결로 흘러가게 하는' 화화적 세계란 때
로는 울림으로 나타나고 공명되기도 하며, 이러한 마음의 상태
가 곧 시적 감동이 된다. 어쩌면 꿈의 상태와도 같은 것이다.
꿈과 다른 점은 기도처럼 되뇌어 본 형상이다. 마치 '그레고리
안 악보' 한 장과도 같다.

사랑의 관계가 구체적으로 전개되려면 매체 미디어(media)가
있게 마련이다. 약속이 담긴 님의 한마디와도 같은 것이다.

약속 담긴 님의 한마디 말

들길에 심었더니

뜨거운 태양도 어쩌지 못해

큰 나무되어 푸른 바람 날리네.

(중략)

변치 않을 님의 한마디 말

눈밭에 심었더니

얼음장 밑 땅 속에서도

뿌리 키우며 봄을 잉태하네.

-「말의 씨앗」중에서 -

화자도 청자도 아닌 자기 자신에 의해서 이루어질 수밖에 없다. 이 같은 기원적 독백은 간절한 말의 씨앗이 되어 소망의 초점에 놓여 진술되고 '봄이 잉태'된다. 어쩌면 이러한 회화석 세계는 묵시록 울림으로 나타나 공명된다. 그런 사랑의 관계가 구체적으로 전개되려면 '말의 씨앗'으로 잉태되는 기도다.

천년에 천년을 곱쳐 작은 촛불이 횃불로 타오르는 그 꿈 사이, 다시 뜨는 세월의 별이 된다. 우리가 시를 대할 때, 거기서 무엇인가를 느끼고 스스로에게 무엇인가를 생각하게 하는 그 자체가 더없이 소중한 것이다. 시의 진실이 여기에 있다.

빈 가지 들어

저 높고 푸른 하늘에

아무도 모르게

사랑의 고백을 쓰는

내 사랑은

- 「사랑은」 중에서 -

시를 느낀다든가 생각한다든가 하는 것은 감동이 있기 때문이
다. 시의 가치나 효용성도 여기에서 싹튼다. '걸음 멈춘 그곳,
마른 가지 끝에 자욱마다 가득 고인 눈물' 걸음 멈춘 그곳, 흐르
는 강 언덕의 그늘에 떨리는 김연수 시인의 기도가 있다. 포옥
안긴 가슴에 명시적인 시적 화자의 소망이 강하게 드러나 있어
소망스럽다. 환타스틱한 꽃을 피운다.
이삭으로 점철된 공동체 의식도 건강한 영혼으로 더불어 오롯
하다.

표지, 본문 그림 **김혜정**

이화여자 대학교 교육대학원 미술교육석사 졸업.
현재 한국미술협회, 고양미술협회, 일산미술협회, 교사연수원, 경희 대학교 평생교육원 강사 역임. 갤러리카페 봄봄 대표.

괜찮아 다 사느라고 그랬는걸

글 김연수

1판 1쇄 발행 2017년 3월 3일
1판 2쇄 발행 2017년 4월 26일
1판 3쇄 발행 2018년 3월 25일

발행인 신혜경
발행처 마음의숲

대표 권대웅
주간 이효선 **편집** 송희영 **디자인** 임정현 **마케팅** 노근수 허경아

출판등록 2006년 8월 1일(105 - 91 - 03955)
주소 서울시 마포구 동교로 144 - 13(서교동 463 - 32, 2층)
전화 (02) 322 - 3164~5 | 팩스 (02) 322 - 3166
페이스북 facebook.com/maumsup
ISBN 979 - 11 - 87119 - 88 - 3 (03810)

마음의숲에서 단행본 원고를 기다립니다.
따뜻하고 생동감 넘치는 여러분의 글을 maumsup@naver.com으로 보내주세요.

이 도서의 국립중앙도서관 출판시도서목록(CIP)은 e-CIP홈페이지(http://www.nl.go.kr/ecip)와
국가자료공동목록시스템(http://www.nl.go.kr/kolisnet)에서 이용하실 수 있습니다.
(CIP제어번호: CIP2017004238)